句集

みなみ

茨木和生

朔出版

句集　みなみ　目次

装丁　奥村靫正／TSTJ
装画　坂本浩然『櫻花譜』より
（国立国会図書館デジタルコレクション）

句集　みなみ

Ⅰ　令和元年

三十六句

独り食ふことにも慣れて泥鰌汁

いなびかり田の神はまた山の神

高き樹の上に吹きゐて秋の風
気づかずにをれば咲きゐる白芙蓉

沖遠くまで台風の濁りかな
柵内に咲くものばかり曼珠沙華

曼珠沙華咲きゐる崖に近づけず
落鮎の腸抜け落ちてゐるものも

湖に声を広げて鵙鳴けり
鵙鳴きて行基日和と称へけり

鶺飛べり地にしつかりと影をひき
近づけば立枯れの木々秋の山

刈田多し休耕の田もありけれど
妻と来し日のこと思ふ花野かな

伊吹より低く生まれて秋の雲
草を分けゆきて落鮎釣りゐたり

剝きやうも厄介なもの頭芋
荷台より子供が下りて菌狩

見せくるる畑に摘みし初茸を
採り来たる雑茸入れし茸飯

上物の猪肉ともてなされけり
小砂嚙み当てたることも苦うるか

日時計が寺にありたり冬の風
海がよし冬の日の出を見る旅も

高嶽の上の輝き狼星は
海鳴りの音天狼にひびきけり

神主が掛持ちをして神迎
神職の歩き入り行く冬の村

棟落ちてゐたる廃屋雪降れり
熊鍋や山田弘子の話出て

粕汁の粕のままこを解しけり
停電が日暮にありて狩の宿

波郷忌の大きな川を渡りけり

賑やかなこと大阪の芭蕉忌は

大根を干す家わが村にあらず
梟の我が家の上に来て鳴けり

II　令和二年

百五十五句

独酌といふわびしさの元日よ

山の日が土間に届けり飾臼

昼からの日差が山に五日かな
崖崩えの覆ひとれゐぬ五日かな

木雫の途切れず落つる五日かな
蕗の薹五日の山に摘み来しと

雨戸とぢゐたる五日の山家かな
宮址にはゆたかな日差小正月

一月の雲かがやかに浮きゐたり

遊ぶこと好きな子とゐて雪兎

やはらかな日差に解けず雪兎
雪兎夜の間に解けてゐたりけり

雪吊に一度も雪の来てをらず

火を焚いてゐたれば雪が来るかとも

田に煙広げてゐたり青々忌
破障子芸術的といふ人も

寒鯉の寒鯉らしくなき泳ぎ
水はけのあしき田も春近づけり

早春の妻の忌一年は早し
城山の木立にも春兆しけり

春寒し古墳の杜を出でたれば

犬ふぐり抜いてかためてありにけり

残雪の峰の遠さよ青空よ
木々芽吹き来たる暗《くらがり》峠《とうげ》かな

にぎやかに鳥飛ぶ春の峠かな

春泥にちがふ獣の足跡も

鶯や流れは岩を飛び越えて
水ぬるむ頃となりたる椿井《つばゐ》かな

茶畑の上すれすれに雉飛べり

平群には古墳多くて雉の声

雛の日の家々を僧回りけり

穴出でし蝮が日差受けゐたり

神宮の森にもありて蝌蚪の国
山桜高き山にはあらざれど

六十年見続けて来て山桜
谷川に濁り江あらず山桜

山桜陵に来て逢引す
大まかに杉空《す》いてあり山桜

ほど近きところに祠山桜
山に来て食ふもの旨し山桜

大岩の見えて続けり山桜
地に適ふ在所の名なり山桜

山桜雨もたらして雲崩れ
平群には古城がありて山桜

なによりも山よく晴れて山桜
青空は真上に濃くて山桜

青空は動かざるものの山桜
美しき水湧く山の山桜

川魚の漁師連れ来て山桜
山桜花芽も葉芽も膨らめり

湖のかがやきもまた木の芽どき
竹の秋社の藪も荒れゐたり

神社にも寺にも来たり竹の秋

柵囲ひして発掘の春田かな

春の雲崩れず流れ来たりけり
残る鴨芝を歩いてゐるものも

地を走り来てとどまりて囀れり
浮き動くことの楽しき春の雲

竹殖えて来たる古墳に囀れり
噴きあがるごとくに枝垂桜かな

鳥居よりよく見えて桜咲く

飛び来たる蝶磐座に止まりけり

山桜朝の青空青深め
舞ひ上がり散る崖上の山桜

前方に後円に咲き山桜
岩がちの山々なれど山桜

雲通り過ぎたる日差山桜
山桜一樹は枯れてゐたりけり

山上りつめしところに山桜

山城の跡開けゐて山桜

退院をして来て仰ぐ山桜

山越ゆるまでの川霧春の昼

峠まで田が拓けゐて木々芽吹く
これはこれはと春雪の吉野山

げんげ田に屈みて摘める人をらず
心満ち足りてげんげ田見てゐたり

溝沿ひに花かたまりてげんげ咲く
蒔き斑のあらざるげんげ畑かな

長靴を履けるはひとり青き踏む
陵に続ける丘の竹の秋

もぐら穴盛り上がりたる野に遊ぶ
春日傘み山に入りてゆきにけり

春憂しや遺影に話す日の続き

先摘んでありたるものも葱坊主

流されもして若鮎ののぼりゆく

橋本多佳子忌

多佳子忌のころ咲き残る山桜

雪となり来し深吉野の余花の雨
薔薇の咲く家出て来たる童女かな

衛士小屋の板戸開けある薄暑かな
崩るるといふ牡丹を見に来たる

橡の花妻と見上げし日を思ふ
木苺の花しつかりと見て歩く

若葉の花求めて来ればありにけり

水に触れ水に触れして黒揚羽

陵を次々越えて夏燕
蝮死ぬ危められしと思はねど

突つかかり来たり蝮の子なれども
夜の明けて来たる青空ほととぎす

麦の秋長き隧道出でたれば
隧道の上の崖道朴の花

崖上にある学校の朴の花

深吉野の崖に咲き出て朴の花

皮を脱ぎ終りしものも今年竹

湖に雲触れ来たる梅雨入かな

網入るる出水隠れの鮎捕ると
湖の上へと湧きて夏の霧

沖遠く立ちて発達雲の峰
峰をなす島のなき沖雲の峰

峰雲の揺れゐるごとく波立てり
沖くもり来て峰雲の崩れけり

真白なる峰雲大阪にも立つよ
砂浜を妻も裸足で歩きし日

妻をらずなりズッキーニの夏料理

妻の夢見たる昼寝の日の続く

山中の池にもをりて藻屑蟹
崖に這ひゐたるを捕りて藻屑蟹

山越の道は崩れて草いきれ

ひとり寝の夜を鳴き飛べる時鳥

日差強く夜の明け来たる原爆忌
深吉野の空流星が横切れり

山きはやかに深吉野の星月夜
星屑の輝き水の澄む頃の

丈そろひゐるものあらず曼珠沙華
鬼城忌の沖の漁火ふえきたり

籾摺唄知る人村にゐずなりし

山々の闇濃くなりて星月夜

妻と手を繋ぎ仰げり星月夜

船過ぎし後に船来ず星月夜

三輪山の戻りなりけり星月夜

風呂敷に包み持ちゐる囮籠

雉肉の注文もして菌狩
雑茸の出始めてゐる菌山

山ほめをして入り行けり菌狩
崖道の崩えな滑りそ菌狩

村有の山を開放菌狩
一本を採ればつぎつぎ菌狩

菌山あほあほと鳴く鴉ゐて

誘ひゆく人ゐずなりし菌狩

母の忌の半年過ぎて後の雛
雪解けず残りてゐたる花野かな

妻が来てゐぬやと花野探しけり

思ひ出の花野いくつもありにけり

妻来ると思ふ花野に待ちをれば
風呂敷を広げ花野に座りけり

老いしとは思はず花野歩きゐて

色が来てゐたり紫式部にも

妻をらずなりて夜長を持て余す
病室のテレビ使はず秋の暮

初時雨暗峠越えたれば
薬喰峠五つを越えてきて

妻がゐずなりて減りたる薬喰
狐見しことを疑はれてゐたり

絨毯に虫つく妻がをらざれば
湖の風に戻れるいさざ舟

潔き死あらば死ぬ冬旱

Ⅲ　令和三年

三十七句

朝日差すところに置きて飾臼

正月に食へと猪肉くれにけり

若水を汲みにと谷に入りゆけり
生駒山越え現るる初鴉

妻のもの供へて雑煮祝ひけり
ぐいぐいと年酒を飲んでしまひけり

内々といひて大げさ夢祝
お年玉あの世の妻に包みけり

独り棲む山家にも寄り初神楽
初詣ひと駅間を歩き来て

万歳の乗りゐる船に乗り合はす
青々の忌日に寄りて初句会

忘れゐぬもののひとつに手毬唄
頂に日の差し来たる冬の山

われを呼ぶ妻の声かとふくろふは
魚うまし冬の潮を呑みたるは

春近し山越えて来る雲見ても
草間時彦とのれそれ食べしこと

みづうみの周り積もらず春の雪
墾畑の早く解けゐて春の霜

春めくや花売りに山出でてゆき

春の雲山越えて来てかがやけり

蕗の薹よく出づる崖知りゐたり
薄氷に水の乗り来て広がれり

麦畑を探す麦踏してみたく
高く枝張りたる木々も芽吹きけり

げんげ咲きゐるかと山田見て歩く
春の雪夜明けに積もり出しにけり

雪しづくせざり日差のありけれど
雛祭妻と生き来し日を思ふ

少年に恋する少女春の星
古墳への道に出でゐて雀の子

境内の末社に運ぶ桜鯛
対岸の桜に触れて桜咲く

いただきに城址がふたつ山桜
地にふるるごとくに桜咲きにけり

母校にも寄りて桜を仰ぎけり

句集　みなみ　畢

あとがき

句集『みなみ』は私の第十六句集である。「みなみ」は次男衛の長女の名で、現在、高校一年生である。第十四句集『潤』、第十五句集『恵』同様、この句集はみなみのことを詠もうとしたものではなく、句集名として「みなみ」の名前を残したかったまでである。

本句集は新型コロナウイルス感染症が蔓延する中、力の限り句作に励み、自分で満足できる一集となったと思っている。私にはあと二人、わかな、さやかという孫がいるが、二人の名も句集名として残したいと思っている。

これからも力を込めて作句していきたい。

令和三年師走

茨木和生

著者略歴

茨木和生（いばらき　かずお）

昭和十四年　奈良県大和郡山市生まれ。
昭和二十九年　奈良県立郡山高等学校一年生の時、右城暮石選の「朝日大和俳壇」に投句。
昭和三十一年　右城暮石創刊の「運河」に入会。続いて山口誓子主宰「天狼」入会。
平成三年　「運河」主宰を右城暮石から継承。
平成九年　『西の季語物語』で第十一回俳人協会評論賞受賞。
平成十四年　第七句集『往馬』で第四十一回俳人協会賞受賞。
平成二十六年　第十一句集『薬喰』で第十三回俳句四季大賞受賞。
平成二十八年　第十二句集『真鳥』で第三十一回詩歌文学館賞受賞。
平成二十九年　第十三句集『熊樫』で第九回小野市詩歌文学賞を受賞。

受賞作のほか、句集に『木の國』『遠つ川』『野迫川』『丹生』『三輪崎』『倭』『畳薦』『椣原』『山椒魚』『潤』『恵』『季語別　茨木和生句集』『自註現代俳句シリーズＶ期　茨木和生集』、エッセイ集に『俳句入門　初心者のために』『俳句・俳景　のめ』『季語の現場』『季語を生きる』、編著に『松瀬青々』、共著に『日本庶民文化史料集成第五巻』『旬の菜時記』などがある。

また、『古屋秀雄全句集』『定本右城暮石全句集』『松瀬青々全句集　上・下巻』『松瀬青々全句集　別巻青々歳時記』などの編集・監修に取り組む。

現在、「運河」名誉主宰。同人誌「紫薇」同人。

公益社団法人俳人協会名誉会員。大阪俳人クラブ顧問。大阪俳句史研究会理事。

日本文藝家協会会員。

現住所　〒六三六－〇九〇六　奈良県生駒郡平群町菊美台二－十四－十

句集　みなみ

2022年3月20日　初版発行

著　者　　茨木和生

発行者　　鈴木　忍

発行所　　株式会社 朔《さく》出版
郵便番号173-0021
東京都板橋区弥生町49-12-501
電話　03-5926-4386
振替　00140-0-673315
https://saku-pub.com
E-mail　info@saku-pub.com

印刷製本　中央精版印刷株式会社

ISBN978-4-908978-76-0　C0092